家与城

来自漩涡的诸声音

谭 毅／著

云南大学出版社
YUNNAN UNIVERSITY PRESS

图书在版编目（CIP）数据

家与城：来自漩涡的诸声音 / 谭毅著. —昆明：云南大学出版社，2017
（漂移丛书）
ISBN 978-7-5482-3068-7

Ⅰ.①家… Ⅱ.①谭… Ⅲ.①诗歌—中国—当代
Ⅳ.①I227

中国版本图书馆CIP数据核字（2017）第178022号

策划编辑：徐　曼　**责任编辑**：宋　武　**装帧设计**：刘　雨

漂移丛书

家与城：来自漩涡的诸声音

谭　毅 / 著

出版发行：云南大学出版社
印　　装：昆明市五华区教育委员会印刷厂
开　　本：889mm × 1194mm　1/32
印　　张：3.25
字　　数：70千
版　　次：2017年10月第1版
印　　次：2017年10月第1次印刷
书　　号：ISBN 978-7-5482-3068-7
定　　价：28.00元

社　　址：昆明市一二一大街182号（云南大学东陆校区英华园内）
邮　　编：650091
电　　话：（0871）65033244　65031071
网　　址：http://www. ynup. com
E-mail：market@ynup. com

本书若发现印装质量问题，请与印厂联系调换，联系电话：0871-64167045。

语言漂移说正义（代序）

李　森

“语言漂移说”简称“漂移说”。它认为一切艺术语言均处于漂移状态，在漂移中生成诗意或非诗意，在漂移中寂灭或退隐、凝聚或新生；它认为诗性的创造既不来源于本质，也不来源于现象，而源于语言在漂移时刻的诗意生成。

语言漂移说之语言即艺术语言，它包括艺术中的日常语言、书写语言、视觉语言和符号语言等语言范畴。艺术语言既非形而上，也非形而下，而在形而中。“形而中”是艺术语言的滑翔地带，它摩擦着形而上和形而下穿行，形成自为自在的独立时空。我多年前试图阐明的“形而中诗学”作为一种诗学方法，是漂移说语言运动方法的构成部分。

一切艺术（包括狭义的语言艺术和广义的语言艺术），都在语言漂移说的观照范畴之内。

一切艺术都是语言艺术，除此之外，便无艺术。比如行为艺术，它是一种身体表现的艺术，身体在表现的场域（时空）中形成身体语言。身体语言只有在观照的时刻，才能生发为艺术语言。

一切艺术的可阐释性都包涵在其语言结构中，而不在语言结构之外。存在着脱离艺术语言的阐释，但那是非艺术阐释。非艺术阐释之大行其道，已经使艺术阐释全面沦落。

概念或观念阐释总是脱离艺术语言的阐释而自成系统，这种阐释或是哲学式的，或是社会学、文化学、人类学的，等等。非艺术阐释或是对艺术的过度阐释，或是语言漂移超越了艺术阐释的某种路径而形成的另外一种阐释。

语言运动的能力或张力，为任何阐释提供了可能性。艺术阐释如果有价值，那就必须为它划定一个界限，这个界限即是贴着艺术语言阐释的界限。

语言漂移说划定艺术阐释和非艺术阐释的界限，是为了证明艺术语言存在的不稳定性，不完全为了证明阐释的无效。然而，艺术阐释的无效性，亦是语言漂移的一种结果。

所谓阐释，当是语言漂移的路径，但不是说艺术需要阐释才能成其为艺术。事实上，那些伟大的艺术作品犹如一株芬芳出尘的空谷幽兰，它自身的存在已经达到了自足、直观、圆融的境界，它的存在本身无需阐释，因此，它反对阐释。不过，也正因为如此，它有无限多的可阐释性。但必须指出，那种种阐释，是开放的艺术语言自身被灵魂摩擦、砥砺而激活的诗意再生，不是概念或观念对艺术之美的反映。

语言漂移说的方法不仅是对艺术阐释的观照，也是对艺术创作的观照。

有效的艺术阐释或生成某种概念或观念，但其阐释路径总是贴着艺术语言，这是无需证明的常识；而无效的艺术阐释则必然形成“概念控”或“观念控”的逻辑系统，以“自圆其说”的冠冕堂皇调子反对常识。

有效的艺术阐释滋生诗意，甚至是无限多的诗意，它是诗意创造的种种形式；而无效的艺术阐释只有一个目的，那就是通过逻辑归纳和演绎系统获得知识。“自圆其说”的理论知识，多数是强词夺理的“伪知识”。

可靠而有效的艺术创作不表达、分有概念或观念的内涵。其创作过程或与概念和观念发生碰撞，但最终，它总是以一种回归事物、事态原初直观显现的力量，将概念和观念溶解而化生，恰如大海和盐。

从语言漂移说来观照，艺术理论、批评即创作。没有先验的某种理论和批评的出发点，只有具体的语言凝聚和绽放的路径。有效的艺术理论和批评在表达路径中成就自身，它不利用语言的表达或扩张能力奔向某个目标。作为动词的艺术、诗、美只能在语言自我开显的路径中具体地显现，而不可能呈现整体性的目标。艺术语言只有在被利用时才导向整体性的叙述目标。

没有上帝视觉的本体（整体）性的艺术之美，也没有上帝发声式的艺术法则。按照贡布里希的说法，没有大写的艺术（本体的艺术），只有具体的艺术家和艺术作品。进一步说，没有语言自在、自为、自我生发、蕴成之外的艺术。

在《色—彩语言诸相的漂移》一文中，我论述了“本在事象”最基本的四个漂移路径。即“直陈其事”的漂移、“修辞幻象”的漂移、“纯粹形式”的漂移和“意识形态”的漂移。这四个漂移路径囊括了所有艺术哲学或诗学理论的阐释路径。也就是说，古往今来的所有文艺理论或批评路径，都无出其外。本质主义—非本质主义、主—客二元结构理论、模仿说、反映论、形式—内容二元结构理论、形式主义、表现主义等等，均包含其中。这些理论先制造概念，再形成观念，然后利用逻辑归纳或演绎构建庞大而坚硬的系统，将艺术家和艺术作品关进牢笼。这些宏大的理论，都是语言漂移的种种结果，但语言漂移说将它们视为艺术阐释的无效阐释范畴。

我说的“本在事象”，即是艺术语言或它的结构。何以故？“本在事象”如果是非语言的，那么，我们对其一无所知，它们也不可能进入人类言说或表现的诗意世界。这就是说，人的感知或玄想的存在，是一种语言的存在，而不是实体的存在。人是语言的人，能感知的世界是语言的世界。说白了，人和他们的生活世界，神和他们被创作的世界，自然和它的存在，都是语言的存在。与生命有关的存在，通过语言才能确定。正如海德格尔所说：“语言是存在的家。”除此之外，按照维特根斯坦《逻辑哲学论》第七命题的忠告：“对于不可说的东西我们必须保持沉默。”老子的思想亦处于反对说、而又不得不说的两难之间，这当然是早期圣哲对人类的千古忠告。事实上，《理想国》里的柏拉图也处于说与不说的两难之间，但他还是以“假设”的支点和“比喻”的诗性表达方式说了许多，也虚构了所谓“理念”，为人类打制了一副“理性”胯下的马鞍。柏拉图为了做“哲学王”，为了打制这副理性的马鞍，怀着悲智、悲情之心，将诗人——他的灵魂的一半——自己也是个杰出的诗人，赶出理想国。但从他的全部对话录中即可看到，哲学，“本质上”是利用逻辑表达系统而言说的文学。不能洞明这一点，即是逻辑主义的智障患者。

艺术语言的漂移是具体的，而不是抽象的。一个词，一个句子，一个笔触，一点笔墨，一根线条，一种音声形色，作为语言运动的“表象”或“形式”，它们总是寂静地、平实地、纡回地或疯狂地处于某一个作品结构的“位点”上。而所有“位点”，都是“暂住”的位点，即漂移的位点——既不是“本质”的位点，亦不是“非本质”的位点，而是“暂住”的位点。理解这一点非常重要，因为语言漂移说，既非本质主义的，亦不是非本质主义的。因此，语言漂移说反对一切凝固的、教条的、逻辑主义的或任何主义的语言强暴。

一切艺术语言之为艺术语言的确立，都源于人的感觉、感知能力，然后，将其蕴成文字、旋律、节奏、形色或符号。用佛哲学（非佛教哲学）的看法，即源于“眼、耳、鼻、舌、身、意”这“六根”，通过此“六根”的感觉、感知发端，风春万物般与“色、声、香、味、触、法”这“六尘”的“情识”摩擦、蕴育而生发。有效表达的、蕴有纯粹诗意的艺术语言，是一种符号化暂住的、鲜活流荡的“蕴”，即一种自成意味的生命序列。它看似是系统性的，但“实质上”是碎片式的。朵朵桃花看似是一个整体，其实是蓬松一树那相似形—色、彼此陌生的碎片序列。当然，可以假设它是一个整体性序列，并与时序和空间相联系而蕴成之美，但仅仅是感觉、感知的一种假设性的观照。艺术语言的存在序列，犹如一树桃花，见与不见，开与不开，美与不美，都在观照的“此时”那个“位点”上“暂住”而被看见，被描绘。艺术语言的色—彩、笔—墨、笔—触、形—式，永远不能抵达那一树实体的、实相的桃花，因为语言艺术中隐秘的一树桃花，既非具体的一树桃花，也非本质（实相）的桃花。这是语言自身的决定，人或神都不能做此决定。

艺术语言的“暂住”，是语言漂移的“暂住”。是故，

“暂住”其实是诗意的“无所住而住”。《金刚经》说：“不应住色生心。不应住声香味触法生心。应无所住而生其心。”说的是，有“缘起”，则“暂住”，无“缘起”，则“无所住”。在语言漂移中的“暂住”，即是“生其心”，生诗意之心。

每一个语词、每一个单纯的符号，都是一个小小的宇宙，一个处于寂灭或生发碰撞时刻的生命之蕴。

我们不能利用艺术语言，我们只能激活它，或拯救它。救救我们的语词吧，因为，它们是我们精神生命、现实生命的细胞。

诗意的语言存在，是心灵结构漂移幻化的某种样式；推而广之，可以观照的心灵结构存在的样式，亦是语言漂移迁流存在的样式。至于那些格式化心灵结构的存在样式，则是语言漂移迁流过程中自我固化的种种死亡格式。

从自我拯救语词开始，自我疗救审美智障，即是审美心灵、诗意心灵的自救。

语言漂移说的提出，是要告别所有诗学理论的。但这不是说，要以一种理论的雄心替代或征服另外的理论——那也是逻辑主义的神经病。如果人们有此看法，那是对此说的误解。因为，语言漂移说“本质上”并不是一种理论，而是一种开放的、处于语言运动自我生成诗意时刻的审美方法，一种素朴纯真的人性观照思—想，一种自我拯救语言—心灵的行动。在它为人之为人的审美自由开掘路径的同时，它就是某种随时处于被激活状态的审美自由。

2017.10.6　燕　庐

目　录

编选前言

漩涡城有自己的历史，也有自己的宗教和诗。城中居民，无论是上层贵族还是下层民众，大都爱好诗歌，并热衷于在公共节日中朗诵、表演自己或他人的诗作，故坊间常有各类自印和公开出版的诗集流传。由于战乱等原因，许多诗集已经遗失，但仍有一些人的作品保存了下来，犹如大海退潮之后残留的喧声。这些作品/声音大致可分为三种类型：有些具有光滑夺目的贝类的质地，有些更像是平凡而粗粝的沙子，还有一些似乎是从海鸟的身体之中发出它们尖利或优雅的嗓音。在这三类声音中，我们分别选取了一部分汇集在一起，作为“漩涡”这座靠海城邦的遗留物和纪念。

这本诗集中的诸位作者，经历了漩涡城在恭元 2620 年前后的一系列重大事件，以及随之而来的长久动荡。这是漩涡城历史中持续时间较长的一段灰暗时代：习俗的力量完全颓败，而新秩序尚未生成。这些作者的诗作，无论其主旨是公共性的还是私人性的，都透露出对处境的敏感和对塑造漩涡城之深层力量的思索。即使是其中涉及冥界、鬼魂之幻视的部分作品，也以某种方式将触须伸展到了漩涡城的地层深处。触须即是根须，即树借以探查泉源的方式。而这隐藏的根源，既是家与城的根基，也构成了使它们相互冲突的深渊。因此，编选这本诗集，不仅是要保存漩涡城特有的生活风貌，更是要使历史中隐匿的诸种力量能够以具形的方式，显现于若干往昔的微光。

编者　谨识

恭元 2741 年

油漆匠璞[①]（诗 4 首）

① 璞，油漆匠，恭元 2585 年生于恭城，恭元 2621 年初来到漩涡。恭元 2623 年与棠枝结婚。恭元 2624 年，他们的儿子“中途岛”出生。

父亲的帽子

父亲安葬后，我带走了他的帽子
我厌倦阴霾压下，遮住云朵
戴帽子的他失去白发
光线与弹性，也随之窒息

现在，我用箱子提着它。帽檐
像原地打转的翅膀扣住同等的黑暗
但再无发丝用褪色念头试探光阴
重返，或品尝汗滴，那降临的腥味

它还在保护，而被抱紧的空气不变热
也没有更凉。是否它也回忆过
凝固后分解的头脑，像只属于自己的
疑团，在风雪和赶路之中，也谨守不移

我将带它进入新家，放在衣柜上部
家庭中菜肴的气味和窗外的寒风
像纤细而高挑的树枝，交错着到来
而它，像只前世的黑鸟，停在那里

路途（组诗）

一、山

山折叠许多路。人在阴天下走过，
脚踩踏、滑动，迫使温湿气流携翠鸟
用小锉刀剥开山色黯淡的壳。

人徘徊，像从暗部长出的青草，山
用起伏的光拍打他们行路。牛背和墙
让闪烁的头顶变得连贯。

风声嵌进斜桩，啃腐烂根部，皱纹也排挤
变暖的眼睛，直到观看铺满亮而饱满的咸味。
人事随远景跃入此时，藏起昆虫般的弹跳力。

走下去，这座山将从掌心脱出——它是
童年折过的纸，陷落的指纹和呼吸，都
醒了，摸索着，一步步遗留于滑向山顶的清晨。

二、林　木

林木，喜欢我家，整天围着我们，用绿翅膀

开屏。羽毛重叠且有声。每片叶，都是鸟
妖精般消失后留下的嗓音。修长，也可变圆润。
正如树根，从土下向屋内延伸，触摸我们仿佛
血管触摸心脏。它们暗中跳摇滚。我们吃面包，
玩雪球，它们配合，在吃，在笑，用它们
磨细的手指从下方，抓我们的影。
它们抓住属于我们和它们的，土地
这肥美的猎物，被仔细捆好但还是活的，
会张开鼠洞中的眼睛。如箍好的桶，
土地逐渐收紧了属于家的连词。而溪水
像松开的呼吸，在它上方，在林木中间
缓缓穿过，将混乱的小石头，赶到河底。

三、川

阳光沿树林降下。向外连续破裂的亮
被土下根深蒂固的波转折，裸露之力
因预备的新肤而翻卷，沿地表快活地
奔涌。漩涡替叶发出深绿色抖动，以反光
告诉我变薄的温暖仍可以是我的。听觉藏水，
但鱼没有在须状的流动中吐泡，造珍珠笑声。
我继续走，像采枯草的人，等不到
蓬勃铃铛，来自那一闪即逝的果实。

沿门前的这条河，向西出恭城。从柜中

取出衣服，这叠从家褪掉的色，与变凉体温
靠在一起。现在，它隔皮箱接住河溅出的水滴，
像一面炉边鼓，敲响，但火星已发白光。
晒干的渍印中有微型轮廓，属远方地图，
不能以滚动靠在被炊烟拉长的睡眠脚下。
但寒意会和喧哗一起返回，像河流深处
因速度之变而忽明忽暗的光阴。

四、平　原

我穿林而过，见平原像旧牛皮纸展开，河
比墨绿色虫体透明，顺水声向两侧放低翅膀，
覆压有裂纹也长毛穗的土地，奔赴地平线，
堆积雪群山。回忆中降落的
又缓慢升起，支撑消融不了的冰质高空。
山脚下，红砖带瓦像节日舞会后礼服乱叠，
遮掩井和水塔般的工作鞋帽。这一刻，
身体缩进纽扣的人已脱出睡梦下床，脚尖
碰地，像从被窝中生出的脆弱花蕊，
可轻摘去作配料，洒进日常这锅热汤。

人走在路上，云借风穿透其发丝
输出自己的呼吸。能活在人世间只有这
一种方式。待黑发如疏散于头顶的墨用尽，
云朵将粘走白发人，用流动的吸附力回收

纯记忆，造就飘于空中的祖先。他们的视力
颤抖也紧张，恰如雨或雷，在这开阔地照顾凌乱
也兼顾矮小，无事可记仍用枯草打绳结，
像盖了帽的老宅喷出深藏的根，暗示
地下的连续，正与天上相同。

五、小　站

我到达小站，恭城与漩涡交汇处。客店外，从荆棘
窜出的细弱灌木，生出群聚而彼此缠绕的手臂，
赶走嘈杂，捧些暗红野果，像传递中的包袱。
果内小种子像我，有黑硬脑壳，想沿枝条滑到土里
展分岔力，造地图，酷似我正拿在手里的那张。

小贩们坐在路边。阳光下，摊在花布上的鸡蛋
让鹅卵石成了香料，它们鼓起脸，互相嗅着。
伐木工愿经过这道路，车上也载着树，
枝杈浓密，带一股疲倦烟味。路面和缓颠簸，
引发停停与走走的呼吸、对话和哎呀声。

“一棵树，如何开始降低为蕨类的生活？
这真像山顶的积雪变成鹅。”鸡蛋贩说。
“不，想想看，鸡蛋之下的鹅卵石，提出
一个个有礼貌的小问题。它们曾只有活的脆弱
而今却能继续想的饱满。”伐木工说。

蛋中有一枚太阳，树也是。当它从生命中
被摘取，人们能享受到的将是驱赶到
背面的起伏和闪回，像木扶手和路。
曾在那里的东西，还在，带着抹匀的光。
而我愿伸出双手，制造复活它的运动。

六、石板路

我沿下行石板路入漩涡城。观景，也被迫
注意脚下。行走在仰头低头间，被风一般
插进来的客气态度灌注。树和花的颜色，由天空
晴朗之光逐层放下，浮动在从荫蔽处涌起的
绿涛之上。蜜蜂像溅起的旋转水滴，花果们
被弄湿的想法在震动中闪烁。蜻蜓用修长的膜翅
作透明刀片，轻刮掉蕊上的粉状斑点。模糊中
一种孤独的静止，被暖洋洋的工作连接着。

这些石板构成的阶梯呈弧形，像秘密齿轮表层，其下
有听不见声音的转动。四季围绕在隐藏的轴上，适时
亮出有差异画面。从中摘出一只鸟，它从人耳朵里
穿过，用隐线松松地把他们套在轴上。继续行走
意识却已是卷往低处的入眠溪水，比醒来的它
更想在此处久留。我到现在也不知，是否这段路程
赋予我油漆匠的生活。消失的风、颜色、声音、溪水
总有汇聚的时刻，在一处房梁、一把座椅里。

家（组诗）

一、庭　园

光降落，释放随风窜的五色鸟，开始灌木
与石头间闪烁不定的奇遇。从热烈气氛中
洒下一把把芝麻，透过针状羽毛和圆叶片
在地上留下会移动、调味的阴影。我的家
是它们群体商量后，用剥见新生命的脆壳
贡献的高塔，以一种迟钝姿势，引导光斑
向上爬，仿佛隐蔽的眼睛和喙，在被白昼
孵化的黄头鹭身上，重学呼吸和起飞

回家路上，我试图碰触那浓缩弧光，它们是
翻不开的贝壳，下面藏着不精确的寂静，但
也是种生活。它所制造的晃荡，有某种连贯
这无裂痕的玻璃，像正推动又撤离我们的风
来自家人的气息，放在我们肩上，在行走中
使我们有一张沉寂的脸。说话，为微笑舀出
半月形的尖。它带来撬动，就像鸟类回巢时
尾巴的动作一样，轻微，恰当

二、屋　内

光进入行动的暗潮，开始绕圈子。一种折叠
和拖拽的内部生活。生动日子变成一打扑克
楼梯旋转处，分辨的目光扫过厅堂。它知道
在这升降有序的刻度上发生过什么。它把人
从外部世界的位置上松开，像螺丝钉，停顿
或转动在自己身上。与屋外气氛比，花瓶、茶具
和碗碟，有陶醉于手的力量，怂恿人抚摸、传递
它的微明，和掌中的潮湿，终又模糊地合在一起

我们仍会不安。傍晚，从各个窗户射进的光
制造放大的瞳孔。总有什么消失了。在梦的
深山老林里走动的人，一次也没回来。只在
大脑根部，靠近喉咙处，留下叶瓣，比蜂翅
还薄的一丛花。我愿把白棉线团和樱桃一起
收纳好，粗活和熄火中的尴尬与神秘，让我想起
落叶下的石头，带点邪恶。但它也可以是树根下
突破性的守夜人，带着棉被和枕头，称心居住着

三、睡　眠

这是黑暗在用方言向我打招呼，自那棵既休息
又正在来临的树。它从深处，撑开指向天空的
视神经，完美，却并非真眼，看不见拂晓正如

大理石不见雪原。但我知道，自己将等来你们：真正的家人。我工作之前，你们已在那茂盛的树中聚集，用风给它扎叶簇小辫。我手中动作引导你们思和呼吸，像木纹中伸长的腿状波纹和椭圆形叹息。你们的幸福好似融在蜜中的霜与压低的火焰一起，清醒地涌动

让我们用软化的舌头和肢体，相互交谈、触摸簌簌声隐藏着叶隙，却非讥讽而是不会飘落的停顿。偶尔激烈又消沉的光，像关于爱的问题在喜悦、也在疲倦时显明。家的盛开常是凌乱如冒雨行走时衣装，雨滴不透视错误，只伴随一次次正确的熟悉，它渗透性的力量沿路归来我们有各自边界，却不结为疑团，倒像杯口般有胜任安睡的弓身为释放而蓄满弹性。能手们将从清晨毯子里伸出，绽露操心世事的肤色

四、结　晶

我们三人，像意识之溪翻涌而成的结晶。世界流动显露在内部。我们相碰的每一时间和地点，有自己扭转的形状。对共同生活的摸索，笑容般富于弹性也有漩涡似猫眼。这葡萄酸甜间的角落被谈话速度打扫过。的确，我们话说不完，因味觉太激动。耳在恰当位置悬着，好比软勺舀出被穿衣戴帽的窸窣

行动擦热的言辞，供脑神经吮吸再吮吸。我们始终想着彼此，当室内气温太高，就换地方，以默想式继续交谈。这并不算消失，只是隐匿——它的蓬勃还在眉毛的掩盖下抖动着

结合的目的，是让我目睹那已由树的生存告诉我的一切。它长出烦恼又飘飘然的一头树叶，嗅出被流放的阴云气味，却又使氤氲墨色变圆、变绿像浓郁呼吸，一直沉落到睡眠里，几乎成为鼾声这些看不见但听得到的家庭步伐，翻转劳累身体让强光在树上留下的劈痕结痂。而鼻息从不逃脱它进进出出，套牢我们每张脸上相互赠予的表情借以描述生活事实。烟囱兴奋时，为我们收获了黑鲤鱼，它一次次孤独下坠：越靠近屋顶，头脑越是明晰、清醒，像回到光照渊池前的一刻

五、离　去

曾到来的也会消失。夜如墨滴进睡眠，散漫思绪变得画出般清楚、明亮。这辗转的弦掂量、约束和弹奏我们，却也会绷断。书写之力朝更多方向生长，像墨菊以囊括方式伸卷空白中的光与恐惧留给我的，依然是夜的沉默，以石头内部的坚定将和解的缝隙完全封闭。但这个家，确有过一种稳定语言。在这里的也许仍然在这里。团聚时间

推动时钟运转，响声控制着家中

一切节奏，而我们无法做出绕过它的让步

像我希望的，若家人从无路之地离开，所有的路都将连在一起。这是久别重逢的美德。谁也无法击败风，当我们破开气流，找到一棵树，像找到生命晃动的尾巴，拔出后得到的只是落叶飘零的身体，而风还在。雨滴落在我们头上，用充盈的敲击试探着家在回忆中的位置。头发无限的叠加分散了这种好奇。它覆盖我们，熟悉黑夜也明白黑夜的消失。当它变白时，亲人的漫游就将开始

像日蚀逐渐过去，我们的视力

终能与阳光合一，进入越过冬天之上的光明

六、我们之间的工作

山坡上，你这棵因降雪而发微光的树，有思考形状风寒带来骨刺，你满身叶细胞被针别住，在穿插的疼下涌动。冰划过表面，你想起流星曾有过的视角和温度。在绿的绽放和白的掩蔽下，你成长并到达这冬天时，已是携带城市景观的人类雏形。用一层玻璃从睡梦中取出你，头脑兴奋点再次聚集，像从远方摘来的石榴。这泛红颗粒引导你找到家中的灯边缘聚集带热气光晕，不再是种子而是待放的蓓蕾开出屋内被家具和走廊分开的微光层。在偏僻角落

你伸长触角，去抓爱移动的、毛手毛脚的
灰尘，引导你开始家务中的动作

我想挽留你，像用一场雨挽留照亮街道的灯，扩散
彼此间迂回而界限分明的联系。但雨滴带来的响声
为守夜敲了过多钟点，消散了缓慢叠加于你的露珠
你将带着烘烤成釉的光泽离去，当我熟悉了那万溪
丛生后的凉，你已朝白天完成一次完美定型。你会
胜任更多传递、把握和观看，着迷于像黎明将裹住
世事的疲倦身体，从脆弱蛋卷还原为有弹性的面饼
迎来新的挤压和摸索。我们相遇，互赠相反的修正
和新的去处，无论这缝补是松是紧，都是一件好活

正如用内部的暗潮承担晨光的屋瓦，排列于
轻重之间绝好的分寸上

城（组诗）

一、来源与格局

漩涡城的出现相关于劳动，源自老茧，那手足部位
圆锥形角质增生。城内并不宽敞的道路可算作绳子
穿过栅栏，直抵东西两端——恭城与黎城，这两块
巨人般的城，绕于因楼群密集而陡峭的肩章。漩涡
在二者间依弹性上下跌宕。炊烟好似禽类，摇动着
上窜的黑脖子，当颜色逐渐消失，可确知它在云中

找到了羽冠。鸟鸣声……稍后传来，好似复活气流
重降于屋顶。上午十点以后，被狗嗅过的城市轮廓
已一览无遗。人们从工作间隙抽出空来，休息片刻
想捡起插在房屋和道路边缝中的光，捉住因喜悦或
困倦而眯起的眼睛。但无论是展翅的蝴蝶或毛毛虫

都依然闪烁不定。同样闪烁的，还有本不属于我的
烦恼——它以掏空方式造蓬松而稀薄的棉，不抛出
谜底，也不擦去记忆，只是不停坌出空气中不满或
迟疑的停顿空间。愈勤奋也更悲伤时，像一阵呼噜
……我找不到一块真正岩石而潮声却击打在它上面

当我从事起油漆工作，似乎一切硬块都被搬走——
我珍惜的相遇中包含的时间，以更缓慢慎重的方式
黏附在木头的重量和形状上。它的讲述越来越浅显
但漆下旋转的木纹仍暗示着沉落。那看不见的骚乱
也许都将汇集在这座城底部，像淤泥对植物根部的
发掘般，缓慢释放出上举生活的能力

二、生者和死者的生活

漩涡，最接近亡灵之地，携带着自身完整的刻度
向下，最尖锐的地点，生命和身体即将分离
但又通过回旋保持连贯弹性。朝深处望，意识之潮水
随重力沉到底部翻涌，像碰到绷紧的弓，将目光
回射向我们，让生者获得款待中更充盈的时间。

死者有深处不可仿效的命运，但他们的活力还在
开垦我们的土地。我们寻找树根时，他们在寻找
我们的手和眼睛。雨天，他们喝下描述我们肢体
细节的水；
晴天，他们用沸腾的土鼓动起我们认识自己的新行动。

他们在土层下面，就像在树杈移动的阴影后面。
他们的黑暗，是我们熟悉的背影的一部分。
他们深埋地下，以四季风物变化为祷辞中的颤音。
而活人的忧虑，也能让死者暂时离开居所，陪伴

在我们眼前。

亡灵以作用于理智的力量，消除我们之间生活的
分歧，从背后推动我们，比骨骼更紧地抓住我们。
他们的生息也会如战火和炊烟显形。我们能等到
水落石出，当他们化身而成的幽暗之波荡然无存

我们找到了先自己而去的人石头般的心脏。
它已不再跳动，却从此成为更致密、脱离叹息的头颅。
借它内含的潮声，我们可用比云的聚散更悄然的方式
记忆他们，从那些宽广无定的光滑表面
辨认出他们的世代、疏忽和功名。

三、相　传

遗风，来自云最初的传递，像一只鹭惊奇地醒来，
它的心神
在花中震颤，顺河流舒展开羽毛中的波浪。取水的人
将带波光上路，触碰我们的嘴唇和手指。在器物表面
和内部，这一切继续发生

陶器是一个被手掌聚拢的温热定型的家，没有
连续而稳定的抚摸就不能成型。陶罐中的酒是能
被我们
捧在手中的轻盈，是含在口中的保护和被吸收的传递

溪水，已变成低于额头的、在眼睛里流动的神

比朴素与洁净更充实的传递是血统，那被太阳确认过的
不可废除的联系。它燃烧在我们内部，和每一根神经结合
是具有隐蔽触摸力的火。群山从四周
馈赠给我们带威力的绿涛，将精神的轮廓清洗得更亮

血统将自然和灵魂缠绕在一起，有区别也有分寸
身体的曲线滑向凹陷又缓缓升起，绝非覆灭我们的草丛
血液在黑暗中，以微弱奔跑的方式抵抗身体的寒冷
比穿堂风和烟雾更确定地控制着温度

畏惧和我们如此之近，却不能和活力彼此篡改。我们
生活在一个比花木的挥舞更顽固、更明灭无定和
谦逊的世界。此刻，我看见月亮的倒影被夜晚的水流冲散
好似陷于藩篱，但也如烈日下蜜蜂光亮的翅膀和花粉

喷出刺目漩涡。我可以钻进由无数祖先的呓语
一起构成的呼吸中，在看不见呼吸的睡眠中休息
直到明天一早，再次看见被白昼扩大了的风光

四、信仰与联合

节日和辉光加速风的运动，漩涡城变为蜂巢状的
连接体。规则沿翅膀的纹路，一次次带给家宅
潮湿而寂静的新生命，在激动而紧张的成长中
新人的头脑，比钟对时间更灵敏。

心搏动，造就血循环一步步释放人成长进程的发条。
而视力逐渐增强的眼睛，是悬挂在波动阶段上的钥匙
自身有在暗处的转动方式。它能开门，或抓住一个
侧面，控制进入每一通道的方式——漩涡城由此

在人意识深处长出脑神经根须。城和人之间的关联线
如此牢固、分明，人呼出的一口口气，却又让眼
前一切
升高至看不见的去处。那里，住着漩涡城居民创造
和举高的礼法之神，正是它，借阳光之名

酿造了聚集漩涡的蜜；也是它温暖又强制的密度
赋予人彼此信赖的甜。对它的颂祷，在人们口中重复
通过思的味觉，应该与不该发生的意图在每个家庭中
像手风琴展开它黑白分明的琴键。

我依然可以想起，暴雨带来的虚无逼迫房屋依山势

倒退。似乎漫长而艰难的秘密夜谈发生在各地。
人们曾用法则当作雨衣的材料，如今
已老化发脆。雨滴入祖先和亡灵的土地，却擦不到

我们的身体，真正有关始终的记忆并没有贯穿我们。
那一刻，当规约被一种降落的连续性从裂缝中侵占
借着参差破口所形成的线段和下沉的重量，或许
我们可以重建那座包围视野太久的城墙。

五、连续与扩展

漩涡是风赋予人的立足点。人筑屋，以几何意义
标记翻转又稳定我们的力量。为三餐奔忙或酣睡，
从烟囱和瓦片，渗出炊烟和呼吸回赠给风温暖起伏的
腹部。和雨水戏耍的屋顶如果变绿，那他们
所理解的风将长成青苔般的生物。

我们的眼睛，擅长从窗口和缝隙吸引景物入侵。
远近与正斜不同的椽梁、墙面石块和花骨朵，在推敲
我们的眼力。而生活，也依存于它们在恰当尺度上
对我们的环抱。我们敲打、修护着新或旧的居所，
这声音正像风，连续扩展着生存和幻想，造就着

漩涡城半透明的气氛。而它的波纹条理分明，
促使确定的建筑和不定的人汇聚出我们的心智。

人在街上行走，用衣角撕下更弱的、纤维性的风
——我理解，这寒意是思考的补充，像玻璃
是冬天在我们感知上的补充。交谈让窗户
蒙上一层映照着炉火的雾，如人体的肤色

在这因吸收而具亲密感的内部和外部，有一种
相互带入的意义重叠，一种透露。我们所感受的疏离
像从背后倒下去的影子，在房里，被靠过来的墙
扶住。而漩涡城从广场到每个拐角的起伏与韵律
也扶住了我们的方向感，让我们知道
生活意义的加重，可以因秩序而变得多么精确。

六、史书和记录

漩涡建城于距今六百年前。携带速度的风
是它的保护神。建城者陶盛，一个从恭城出逃的陶工
在路上用异于常人的大耳朵一遍遍从风声中听取
花朵般的歌咏。等他载不动这先于他而开始的气流
他停下，从耳朵里陆续摘出由耳廓聚拢和定型的
透明之声。

他用比冰更脆弱却不消散的旋转体，在地上写下
这座城
和自己的名字。生活在漩涡城的人，从地势和必
经道路

来重温在耳朵里停留，又从耳孔果断穿透他的经历。居民们
因而永远听得到他，听得到那些仿佛烈焰被扑灭的行动
还有那比视线更细的、从呼吸中窜出的火舌。

在断断续续、尚未整理好的史书里，我看到先人们
缓缓转过了脸，在我记忆的转述里重逢，肩膀
好似露天的寂静重叠着挤在一起。他们比任何地方的人
都更清楚失落感的深度，也知道来源被旋转确定得太准。
如果不再紧捧雨季，而放手展开一片枯枝荒草，或许

就能看见雾气脱身，开始翻山越岭。灵魂出窍的月亮
也失去轨道，跟着人走了。时间还在被我们称为过去的地点
无限聚集和隐瞒；我们的尴尬和仓促，也依然像紧箍咒一样
一环一环固定在那里，在那我们一想就疼的
视力玻璃状的波纹里。

锅匠闾[1]（诗 3 首）

① 闾，恭元 2581 年生于漩涡。恭元 2597 年去恭城当兵，恭元 2616 年返回漩涡，在铁匠作坊从事补锅的活计。因手艺高超，为人称道。恭元 2619 年，参与“德性研究所”纵火事件。恭元 2626 年组织革命，失败后病死。

返乡（组诗）

一、独自吸，分别吃

在恭城，我已当了十年兵。秋天像一只邋里邋遢的
松鼠，用大尾巴将我们从它不愿弯腰的低洼处扫出来
顺着它为冬天长密的毛，我们开始簌簌地编队。每根毛
都是我们举起的挂不上旗帜的杆，越往后越长
我是队列中最末的，不得不噼噼啪啪地撞上沿途的小石块

我想，这是它在靠独自吸烟打发时间。我确实听到了
火星儿爆发又熄灭的声音。这是一种预报，为除我之外
都将死在异乡的人点名。它用牙齿和嘴唇挤压、调整
出气状态，像为亡魂整容。他们胖瘦不同，却都获得了
一枚干净利落的红奖章，为烫手的幻象停留一秒

我将返回漩涡，一个人。从被撤销的兵营出来
我知道四下的荒草是我的同伴，如结队的蛐蛐从

黄褐中
伸出了比身体还长的丝状触角，嘘嘘地齐声让风安静
等雨落下，每根触角都能叼到一颗水滴状的头。
颤抖中
它们圆滚滚亮晶晶地下滑，成为鼓鼓的腮帮子

从这个世界里，他们果真吃到了些透彻而生动的
玩意儿？
为了让我安心，他们用直翅目惯有的方式，以翅
膀摩擦
发出比饱嗝更暖的道别声。我听懂了，这些好斗
的家伙
在身体变得僵硬后，还可作为利尿药材再用一次
就这样，雨季中隐藏的乐子，在轻微的噪声中整
齐地开始

二、集体平原

平原上，复苏的青草像小毛贼，它们的脊骨
曾被行人锤子般交替运行的腿打驼，现在又一根
根竖起
噌噌地亮出被藏好的光阴。这连指尖也划不破的边缘
割痛了我的双眼——它感受到嘲讽，为正中央
喇叭一样旋转收放的黑。眸子被光的针尖挑剔成

一张张薄唱片，却喑哑无声。它捆扎好一坨电线
在白色布景下成为世界的直播台，而我不愿
是个只会嘿嘿笑的话筒，一枚刚发芽就定型的种子
——它呆在招展的手旁边，被另一只稳定的手
握着，自己也像在翻飞中，用直播的方式迎客

满眼的野菊花瓣像连缀的锁骨，以慢悠悠的倾斜
设计着青草聚拢中的动作。也许这只是为了
填补一个个鼠洞，它们让土地像松软的嘴唇
搭在一口坏牙上，说出肥胖又爱冲撞的话
——这对吸烟的人是种让烟显得肮脏的烦恼

风几乎停了，或者躲到天空深处，把我们压在
一块蓝得透明的玻璃板下看着。这表明
眼前明亮的光景不过是饱含脂肪的肥肉
被能烤熟它的温度固定好，还涂上一层

微辣的蓝胡椒粉。而如果我找到成片的森林
我就找到了上等人的裤裆——被他们的快乐
所遗忘的、已不再有体温的阴影
在我赋予它的新运动中，也会有新的用处

三、下降之路

在恭城这些年，我有了个下流习惯：幻想原路

钻回陷落于家中的夜，钻回爱人比肚脐眼还深的
漩涡，那在恭城高地上发现不了的套状安全
我听到喘息声，被转化为一次次愉快的迫降
恐惧的弹簧也被我用颤栗的螺丝刀拆光

但遥远的漩涡城……也有谁都看不清的微笑
我怕故乡那张地平线下的脸，戴着猫牌面具
朝向天空，在装睡。曾有许多和我一样发癫的兄弟
手握长柄刺刀，聚在一起，像一簇簇猫须

从那张爱笑的猫脸直伸到恭城，试探
战斗的咔嚓声产生的腥。火吃透肉之后
硝烟像含告别声的喉咙，被风热情抽回
像猫脸人暗中打赢的一圈儿黑牌

我也将去到打猫牌的游戏中，猫着腰回去
提一箱同伴的帽徽，它们是比纸钱更无用的
鳞，鱼体已化作海浪，扑到岸上消失了
如同即将对我消失的“故乡人”，他们把沉默

当作一颗黑痣，堵在啤酒肚的脐眼里，但肥肠
继续输送着声音，咕——咕，像某种鸟头部入水
时的动静
不管多使劲，虚空总排不尽，用不雅的方式也不行

我和帽徽们都被排除了，被恭城与漩涡的双重生活
排除，沿着眼前这下降之路，像排下的冰冷汗珠

四、用手占卜

我不懂，为什么会长出手
这两只不同于我的动物。
它们垂落身旁，有外凸的穹顶背型，
但能盖住的标准位置
恰在臀部。
人体后那晃悠悠、肥嘟嘟的两坨
是该给手，却又落不进它碗里的肉。
手在体侧游荡，
比被风掀翻、又没着落的帽子更显眼。

手指生出了茧状皮肤，
像糊涂时戴上老花镜。
它们一前一后趴在枪上，
瞄准远方，将子弹
用枪杆般的鼻子喷掉。
它测量过敌人的呼吸离开身体的速度。
当伤者仰面倒下，他们明亮的双眼
好似突然跌落的雨滴。
手指上的老花镜同时坠地，碎了。
手的视野开始发晕，

感知又回到了先前的离散状态。

此刻，在恭城边界的旅店里，
我发现手已变得更衰老。
但我为即将伸向旧乡的它
设想了一种新职业：像菊花般
收放、旋转，进行占卜。
在它的快速反应中慢下去的呼吸
并未远去，这使它能悬浮够久，
测量故城漩涡向下的弹性。

这上下连结的、对称的力，
或许能在时间卷走一切之前
拉开胸腔，让脑和手
一起看到自己的根源不过是
一圈圈回旋往复的死环，一串自我解释的锁孔；
是比通敌电台更隐蔽和笼统的漩涡城
从根部结出的一个陀螺
一缕颇有点杀气的古风。

五、脊骨陷落

我抵达漩涡城中心，踩到这座城
最深最疼的针眼——
弹簧的快乐原来在这儿

它果真是个发射器

暮色，这叠模糊的布
被消失的针线缝制过
云太高、太轻，即使在正午
也从不用松散纤维给我弥补

但是，高和轻总显得有趣
是谁从那儿把我的脊骨
一节节放下
像搭积木？

回想那不连续的生活，围攻我的周遭，每年
都曾不祥地悬浮。等待另一种力
狠狠抽进从背部贯通我的脊骨，最后
整齐降落于漩涡城根部

牵动这一切的，只是风眯眼时的视线？
被它可恶的好奇心胡乱砍划过，最终
我却认为，这搭建起的粗管支撑的
是个能被称为“我”的人

我动用全部记忆，去赞美
这根充当一贯性的脊骨？
头部的重要性，早沿着它

在末梢分裂成两个半球

我只能用滑落的思维
设想新生活的可能，设想
一口口锅，以及人一口口
吃掉扔进去的一切

我愿制作它。在手
为重温故城而开始的摩擦里
天光亮起来。代表明度的针
却顺着脸上皱纹

穿上了黑戏服；胡子像秒针
从我见过的钟里一起跳出
挤在我下巴上发颤
——这些胆小的凶杀者！

家（组诗）

一、信

我有妻子，“墨水”。初见她时，我用双手
紧压胸下，告诉她我正捧着肋骨
这盛有我心肺的饭碗。她看出
我不是送外卖的，没用钱打发我走。

与她有关的声音在我唇边，而意义却在我指尖。

她的头发是对青春的拖延，我用紊乱的神经末梢
从她头发里吸来的墨水，是更深的拖延。
发光的沃土里钻出小虫子，
它们折腾起胳膊腿儿，烹制在我纸质的锅上。

大舌头感到一种流利多汁的速度。

信，是我幻想着用墨水写下的。光
只能在这创造动作的黑暗中闪烁。
如果我不能让它涌流在翅脉中
像货币流通在城市里，死亡晦涩的尾巴将翘起

人们还以为摘到了一朵含苞的百合。

翅膀上的薄冰，是新世界的版图，由她交给了我。

二、针

针，我消失的时间，穿透窗外的密林返回。
边缘被扎成锯齿的树叶，半透光，晾晒着，
像润湿的婴儿尿片，提示被包围的家
就在此地——这改变形色的时间，
我闻到它们身上消化的气味。

返回在继续。缝纫机那只迟钝的鸟，
以吃吃笑声传递在室内转为银白、
且用于花销的时日。妻子正经手，
为穿着而缝合。闪烁针尖连缀的
是片片布一般的大陆，轻松地附在身上。

好似绣于皮肤的体温和表情。
我收集这些不断插话的针。是什么
导致那失禁般的发射？妻子日夜缝纫，
提供描述线索：快乐的马达
不生产弯刀。我的背却开始驼了。

——那酥松骨质中的硬，是被什么

抽走，软化出亲属味的布匹，
像倒下却不压垮我们的墙？
不得已，我也牵出了懒腰，像牵出一只
随中年来到身体里的黑猫。

三、光与铁

光，本该是我能抓住
并绕进锅里的时间。
它们有穿透风沙的铁腕
和被每根红舌头传颂的
漫长经历。
锅中，可见对天的接纳——
云一旦移动，它不可见的轨迹就降落眼前。

我用手理顺那缓慢复活的
白骏马的鬃毛。

如果战场和故乡
能把呼吸交给对方，
让快播与静止的回忆
像星空与月亮连缀着
一起震颤，
胆量和秩序，会重新
为我冥王星般的大脑安上卫星轨道。

我期待，光与铁的斗法。

锅是我为时间制造的卧底，它的身份
是家。
它接待动植物来客，也知道
人用肚子制造后裔的方法。
它捧着我们下落的面貌，还缺表情地
看着我们吃掉自己剩下的脸。
光从被啃得凹凸的皮肤上移过，
用指甲剥出薄得透明的老年。

——这温热过的、铁质的时间，
归还给我们浮冰，
是光在尘世的还原法。

四、拥　抱

蛋磕破，壳还有拥抱姿势
想保护眼睛，如金黄色结石
不消化食欲之外的世界

进入口腔，眼睛的弹性
变得软而稠，借牙齿
舒坦地把人脑贴在胃的通风口上。

但家的工作，转动我还是活塞的头
我解开大哥大叔们肥胖的编织袋
释放收拢汗水的纤维，重新造锅。

顺着妻子黑发消失的方向
拉开那缠绕不起来的
口腔，它将诞生一种新的传输和拥抱。

脚步纷纷隐去，而被手心
碰过的食物，在这
丢下它们的锅里，呕出破裂声带。

像拥挤地回到土壤中的腐根
也像为漩涡战死的人，用肿胀之身
隔离铜铁秩序与晴空的苍白气流。

我闻到一阵让人语塞的香味——
锅在精确距离上
封住了那些毫无逻辑的出口：
比嘴更不堪的、更多的眼儿。

五、夜

我失眠的眼睛正对妻子的发丝：
被世界缩小的废弃钢轨。

不知哪天，高速运行的火车
会重现，冲进我眼珠里的
晃动深潭。或许，很早以前
它们就全掉了进去。车轮
咔嗒咔嗒的运行声构成我漫长的心跳。

我愿解开这些拐弯抹角的疙瘩，让钢轨
重新固定在颈窝般的寂静山谷。
一圈圈，用摩擦喷出云雾
蒸煮漩涡城，如同钢丝拉痕
在锅内保卫着栽跟头的食物。
我们边吃边听，嘴里响动的
是生活被层层剥离的鼓膜发出的汩汩声。

制锅时，我的钳子比手闸更紧，一旦松开
轨道和车辆就四散奔逃。
我看到妻子迎风梳头，黑夜
正飘摇而至。
我咬牙捏住了树杈般的工具，要卡断
一切影子，一切会跑的腿，
只留下用于流利书写的、家中的夜。

城（组诗）

一、保　护

我必将修复漩涡城，用于保护的
那一层金属和它的轨道。

从上而来的光重新粉刷，像太阳分封的
诸侯、爵爷，再次顺从于城内的生活。

不能用眼睛侵犯的东西，
可用手驯服。

无趣的客居者比锅垢更细腻多姿，
让短暂的居住痕迹显得肥厚。

但这不是泥土，而是被油滑言辞黏住的灰尘，
只豢养居民虚弱身躯中的病菌。

在手艺内外，都需克服阻力，制造
一种保证我们触得到、吃得下的联合。

被太阳摸过的，
如今被我们摸。

来自异乡的废气被静脉输送，
像青天为白日工作。

二、苦

苦，奇味卤汁，皮肤越老皱，吸收越深沉。
骨头变形色，像毛毛虫，在血管繁密的草堆里爬着。

苦，能用眼泪顺慈母手中的线哭出。但那时
已是颤抖而透明的汤汁，和着一种品尝中口水的黏度。

我不理解，苦所担负的礼仪传统。漩涡城并不塑造
笼统意义上祭天的锅。它该像漏斗，进行准确而
孤独的过滤。

深夜，漩涡城像一个海湾。家中的灯是它身体里
不肯融化、发光的盐。被星辰卸下的苦，在这里。

我会让灯重新成为凶猛的鱼，它们复数的行动力
造就漩涡城刻度不等的海岸线，转动广阔流域汇
聚的轴心。

头顶的星群将变成一个空间错误，耻于成为自己：
那轻松得叫不出姓名的诸神。

三、祭祀和占卜

锅，祭祀与占卜容器，承载并反射着
熔进我眼里的日芒。这团白光
是天栽种于我脑前方的牙齿。
制锅时，我复活了它更猛烈的、对金属的撕咬，
确立起不容置疑的关于速度的制约。

漩涡，来自上古的鼓，被我更具摧毁力的行动
锯开。它的每一条悬浮之路
都是迂回，是对规定性力量的挽留。
它深海般沉寂的绿荫所积蓄的残暴
将沿精确刻画的线条尖利地释放。

我听到了，天在漩涡城内部那紧密折叠的嗓音，
借脚下的居民们沙砾般的步伐
分出高低声部。在手对锅的行动中，
我回收这一切发声。再次释放入城中的
将是比黑胶唱片更薄、更善于在共鸣中切分的保
真格式。

四、流放与重临

漩涡近百年的生活，始于
对阳光的流放。
随海平线一圈圈升高，
城差点沦为漏掉亮度的铁锅。

人获得锈一般密集又无关于彼此的生活。

城那环抱起来的线条，
构成向昨天的徒然拱手。
人们此时和此生的目光冲下，
与星辰垂落的视线相同。

这是把沉默放下，压在脚上。

但漩涡城还会上升，它早有了
痛苦的卵：坟堆。
死亡是把根推到地上、眼前，是对未来
连绵不绝的嘀咕，而不是送行。

我们已被送得太远。

尸骨，为真正的好天气举例。

用从骨缝间穿插而出的
光合作用中的植物，以及
繁殖力旺盛的昆虫，来证明

生活在时间轴上的翻涌与接力。

光能如何重临，在面目已风化
而又风土不分的居民头上?
他们鼓起腮帮子，像晃荡的零星选票。
复活也篡改着光在城中的位置。

每片落叶都藏着生活那原地打转的飞毛腿。

我从锅和树的年轮：这强大的
显微镜，看到返城的人们
通过毁灭传递而来的溜冰场。
它确定连接头脑与身体的脖颈。

历史漫长的冬天将是崭新的围脖。

五、变　革

漩涡城的神，不是风，是那位倾斜的太阳。
诗词须梯状排列，像人们按尊卑，单腿跪着。

神降临时走得跌跌撞撞，脚步留下
被啃咬的遗痕，一条条小便般抖动的界限。

边缘的亮光并非来自钢锯，而是
消化过程的末端。

我确信，居民用辛劳生活所填充的白昼，
是该被拔出的一颗蛀坏的乳牙。

这是城下沉地势给我的启发——
我享受着拔牙的快感和疼痛。

森林是绿色消炎药，它将换牙后的疾患祛除，
新的日夜将互不相混却又携手合为一体。

漩涡城沿山而行的道路，制造
不会沉没也没有底气的深渊。

我注意到这些轨道所闪烁的已不是
神所赐的阳光，而是富人的金银。

废除这不排泄的金属感在脑中建立的
庞大帝国！它让灿烂的秋天绝望地不获。

神真正的令牌是冰，它透彻地保存火光、刀光
与人世光阴，只被汗水溶解进居民的新生活。

无论冷热，它都有恰当的力凝结人与物。
我们在光景中进退，却都在传递，绝不掩藏与删除。

具翅[①]（诗 3 首）

① 具翅，恭元 2591 年生于漩涡，母亲葑荑是漩涡本地人。恭元 2592 年初，他与母亲分开，被作为黎城人的父亲带回黎城，在黎城长大。恭元 2607 年父亲去世，具翅才回到漩涡与母亲相见。在这里，他和丛芸成为了邻居、朋友，两人又一起成为了来自黎城的教师毓琦的学生。“德性研究所”纵火事件中，敏琦受伤病故，具翅带着老师的骨灰返回黎城。后来，他又回到漩涡城，居住于已成废墟的“德性研究所”附近。

来去[①]（组诗）

一、一句句话

那说过和正在说的
都是移动在气息中的
渴意。
纵火的当晚，从月亮那薄冰里
融出风，以透明中列阵的针
挑动校舍，一层层向高空
倾斜着坍塌，像一丛丛
把夜的透明感切分而出
赋予密码的翅膀。
火的皮肤下，木石筋骨折断、蔓延，
跳动的言辞带着碎裂声。
我说出这些话，
是在强大集合中请求一种融化的可能。

---

① 恭元 2619 年 10 月 6 日晚间，由具翅的老师、来自黎城的毓琦创办的学校“德性研究所”，被本地居民（锅匠阎等人）纵火捣毁。毓琦在事件中受伤，后在医院病逝。具翅诗中提到的“纵火之夜”“另一天”等等，均指向事件发生的那个特殊夜晚。

我们曾在交谈中贡献的呼吸，也许
能脱离冻结的骨，
再次在温过的清醒中
相遇。
雪迹与雪迹之间，
该出现流动的光泽，人
才有映照，才能重获波纹中
伴奏性的嗓音。
它们以弧形运动
进行着相乘或相减，模拟着
遥望、容纳和醒悟。

二、从这里到那里

我再次处于中途。
两端，是分别生在黎城与漩涡的
父亲、母亲。
他们的死在人间留下黑翳，
像树影，轻得停不下来，
却始终不飞。
他们靠我的记忆徘徊于
从这里到那里的路——
无摩擦力的脚步托起的
孤独，有时间本身也无法洗清的深。

从这里到那里，隐藏的相望、道路，
还有分别生在黎城与漩涡的
老师和我。
我捧着他回到故乡，将一段
照亮呼吸的光融进旧照。
夜晚会因这卸下哀悼的染色
而移回下午，在房屋阔别的墙与墙之间
转折，停留片刻。

从这里到那里，我袭用
纵火之夜生出的、驱赶生命的白天，
和它以早慧剪出的衰败。
我观望这漫长的停顿，这由停顿推动的云。
逝者历历在目，正如晨初或晚间
羽化的蜻蜓。
它们的眼睛和翅翼，从柔软身躯中
脱出得如此黯然而轻盈。
像一次
对尘世的清晰化或抹除。

三、一天中的一天

这是永远活在今天中的另一天。
它降临，迫使环绕我的空气
缓慢凝结，带着花瓣的肤色、条理

重叠着向外伸展。它那开始凋谢的边缘，
泛暖色，似转眼而过的峰峦。
我今天的思虑被切割、旋转得
具密谋形态。我知道，另一天
是今天的锁眼，而上空和地下一样
都是打不开的、人类暗室中的深渊。

我在用今天医治永远不眠的另一天。
它和消失脱离了血缘，正被一种
加速的连绵加重，像捕获我痛苦的
气候。它掰开我，我也摘棉花般
获取了令接触丰盈化的空间，
在指尖尚未被刺痛之前。

在今天之中，永远有一缕不潮湿的
呼吸，一条不知来去的长路。
人们忘了开端，却总在迎向
无落日的结局。每次行动
皆非真正的开始。而疲倦的坟冢
仅在我经过时，拉近了
平坦远方：它冷漠地上前，像不朽
用嘴唇的弧线，亲吻了我们。

四、吹动与落下：他乡与故乡

故乡是运行在他乡之上的薄冰。
从出生地涌向我的水，有分寸地
卷曲、冻结在内部。它随我的走动摇晃，
赐予我倾斜的生活以稳定、押韵的声音。
在暮春暗下来的、溶解唏嘘的绿荫里，
被惊掠而过的鸟喙坚硬地划开。

我在黎城与漩涡之间来去，仿佛故乡
被吹动、变得小而轻的轮廓，
或时间插入季节缝隙时
掉进眼里的一粒种子。它以摆动
计量变化的幅度，只为故乡
能栽种在这条已翻转上浮的鱼肚上。

我接纳它的落下，仿佛接纳一段
被温度和速度修饰过的照射。
它用 X 光片的清晰，确定我骨头中
病痛的位置。而我也刚刚确定，我所爱的
隔世的人与生活，仍将繁衍在这一片片
用黑暗贡献出的透明里。

五、不可能的时间书写

我在钟的克制里活着。
秒针纤毫不差地
震颤我慢而准的心跳。
隔风透光的面具下，有磁性旋转。
这没有起伏的漩涡也是恒定的干扰源。
它用比蚊子吸血更茂密的方式
从关节中抽取寂静，封闭于自身的划分。

我听取标准之外的一切声音。

时间始终移动，却不出墨水的针尖，
用人终将融掉骨肉的呼气书写。
下面，哭声像费力驶过深海的火车，
有密闭车厢的轰鸣措辞。
时间从人每一道延长的慈眉里
长出戴高帽的细胞，以仙人掌的流失态
复制自身的去向。

搭建并无可能。

时间借秒针测量生活的陡峭度。
它不遗漏地模拟
进入听觉的每一次失足和消逝。

针里的门缝从未打开，谁都看不见
活在时间之外的风物。人用离世
隔绝它的走动，而它仍在拔除不了的
细根上，唱出假声。

偏转显得比及时必要。

六、平行抵达

第三次，我独自从黎城返回漩涡。
我拖着投影：这把暗示性的铲子，
总在准备同一个动作。
人过世之后，
影子像被晒热、磨匀的包装纸，
向着身体的方向收上去，
包裹人脆弱的骨骼，安放在
不再可见的恰当处。
人最终的安慰，早就潜伏脚下、
身后。而我的安慰，
已蜕变得具有了金属和工具意味。

我又走在穿越旷野的路上。
连结黎城与漩涡的高压线
在高处轻微地弧垂。
我想起那些平行抵达的时刻：

多年前，我找到老师的旧信，
传输其间的信息
被危险的磁场保护。
我曾以为，我是可以支撑
从生活场域中隔离、举高它的铁塔。
回到他身边，我用暴露在
磁感应之中的病痛之眼
凝视着我们沉重而迟缓的相关。

他曾从河中挽救我①。
如今，是覆盖在他身上的一切的死
从水中浮起了
缩入我体内、凝结成冰的骨头。
是那个夺目的夜晚，拆除了我虚幻的
高压线塔，结成蛛丝，
被我终于生成的翅膀吸附。
亲爱的老师，
从你已封闭的苏醒中涌向我的清流，
会在罪中重活一次，
得到自己不问熙攘的结局。

---

① 恭元2609年1月，寒假尚未开始，接近期末的某天下午，年近18岁的具翅在毓琦的学校中试图迫使两位女学生成为（他为毓琦制作的）“墓碑”。后来他放走了她们，自己沉入河中。最终，他被毓琦救起。

城（组诗）

一、漂移之法

黎城，光下的云，给予光
超出控制的演变。
它迎面伸开比海更多褶皱的翅膀，
强制风雨在内部合作，
扩散同质生活。而漩涡
是扩散中一段被推移、遗忘的时间，
一个被渗透最深，又最易徘徊的地点。
它引发四周对它积蓄般的入侵，
仿佛冰凉欲滴的冬天
悄然扭转为向下消失而去的循环。
——这力量，将推动起
城中轮廓分明的四季。
在缓慢旋转的降落里，
光、云、风、雨，抵达了
映照自己的小小渊池。

这渊池倡导一种消瘦，
似乎所有在其中睡眠的树

都长出了更多的枝杈。
尖端，因黑暗的吸附力而变得更长，
接受闪烁不定的传粉。
这就是漩涡隐秘的祭仪：
回忆自己在下方的神——比首任城主
更早来到漩涡的夕河
在这里脱下了笼罩他身上的暗。
它将作为源初之力持续地涌动，
让夜中的思考
成为漩涡人深处的母邦。

二、绵延与生成

日光下的漩涡城，从水而生。
建城者陶盛，一个被流放的人，
知道一切流动中的礼节。
他看见了往深处去的、已消失的水流。
漩涡的地形，似乎
还在为神、为所有人沉睡之地
运送着牺牲。
我们所经过和重建的每条道路
都显得节制、密切。
秩序在这里获得持久的绵延，
推导出越来越次要的差异；
而我们也诧异于

越来越深的、近乎停滞的彼此关心。

从漩涡城边缘，向下，进入城中心，
我会怀疑建城者和我们都错了。
我们用连续的空心
达致对轴心的摹仿，仿佛为正在进行的死
固定的定时器。
但每一次空，都有一个扭转性的
缺口，像意外连接着依存。
它沉落后浮起的绿涛
暗示了自身的弹性。
除古制与血统的承袭之外，
我们有更深的根源和更细密的聚集：
在这里，在从白天脱出的
意识针尖般的相触里。

三、居　民

漩涡人的城，从没有城的地方开始。
居民有属于自己的一块块
土地，但时刻倾斜。
那被砍去的部分，形成国土中心
被环绕的空缺。
天光晴朗时，茂密丛林一起闪光，
人们怅然望向那只乘悲欢而来的孔雀，

它不鸣不飞，只暗自
调整光圈，让今日的欣喜
因惦念而异于昨日。
祖先和亲人的遗骨，
早抛洒而陷于尘土。
独自来到漩涡的人，接受了故城
最严厉的处罚：远离珍贵之物
只描述生命自身的线索，
像酩酊只关照醉无所知。

恭城与黎城，浮在半空。
漩涡的位置
却已低于神可能降临的限度。
神避开了，不在这里。
漩涡人听到的流水声，来自战鼓余音
或血流速度，仿佛哀怨
带着层层剥离的响动永远重复在耳中。
这时，生活是缓慢埋葬。
死，因减速而显得轻微、难忘——
像肋骨渐细，比术后
绷在胸腔外的缝合线
更细，却永远不被身体吸收。

漩涡隐藏了方向和加速，

却从不提供折衷。
居民以严格方式划定界线，用外邦人
无法想象的春秋理解，造就了深渊。
日光和云层绝不相混，它内部
有循环往来；而对外邦，它只是
已失掉、不再存在的未来。
即使漩涡被攻占，敌城也不知
在与何物作战。
在这使时间匿迹的地方，谁也不能比漩涡人
更善于制造生与死的色差。
入侵者意识中的雄心，都会被漩涡
听进去，又像被蛛网黏住、滑动般
从一丝一毫的方向
散掉，或开放。
而所有人，都愿意顺从
这有弹性的水所通达的消尽。

四、兴起，或反复发生

漩涡城主由遥远的神指定。
旧城主死后，候选者们
随长老攀上海拔最高的山脉：
这有热度的边缘，从天地间
切割、收拢漩涡的土地。
人们眺望小熊座中最近北极的星，

那与我们对视却不近前的神。
雾，向下滑动，人的眼睛
仿佛挤出的墨滴
从紧裹长袍的身体中浮出，
以相似的慢速和闪烁，映照北天中
日夜不息、绕北极旋转的星座。
孤独无尽的时间借穿梭气流
陷漩涡于尘世。
风打开人呼吸中的肺，
好似打开已获密度的口袋。
万物丰茂，由此而生。
漩涡感叹于这降落，
这从未有过的、身体间的吹拂。
而生活，是神人之间连续、分节的誓言。
当漩涡领会了时间与生存的
双重奥秘，我们会脱离重力，
再次被神爱护和养育。
祈祷过后，候选者们
环绕而坐，在星辰之下
通过占卜确定新城主。

从山上下来，星辰就太过遥远。
理智像折叠在头脑中的
帽子，战争才能让其显现为冠冕。

脱颖而出的英雄，用寒冷
凝固出漩涡的新格局，
仿佛刀光和战火导出新的星座。
时间溺亡或折返，难以穿梭。
回望近四百年的历史，
像我们捧起的布满细密裂纹的陶罐，
甚至塞不进一个逗号或句号。

今天的我们热衷于关涉视野的新发明。
败于恭城的漩涡人，回到
时间与生存的生硬之中。
但我们仍可以促膝长谈：
从血管和笔管里流出的红与黑
正重新扭动着脖子开放。
我们也有新的观望——
每一次内与外的挫败
都是种邮戳，携带交汇消息。
它身后波纹震荡，塑造出漩涡
新的性格和联结点。
这危险、灵活，将扭转
被认定为自然的法则，修正北天上
那颗星作为心脏的价值。
兴起或反复发生的，
是不同的动力、方向和光明。

五、分与：庙宇与节日

漩涡有被水推动、锐化的时间。
在神圣的节日，它像一个
跳跃着换气的花腔
在高音部精确地显现。
人搭建庙宇外墙，想象着用手
一块块剥开漩涡那薄如蝉翼的壳，
露出城内外两侧迥异的纹理。
刻画我们眼纹和唇线的
传统之力，随劳作的温度和刻度
来到体内和眼前，与我们相伴。
庙宇中，人呼出的沉睡黑夜
被光线穿插后，搭建
对生活来说深而远的结构。
人用倾身描述浮动对稳定的思考：
血脉应追随重力，
在循环中保持最长的距离。
它看似松弛、脆弱，
却能强大地维系漩涡人特有的血统。
从庙宇出现的一刻起，血统
就被身体牵引，在清明之间的行动中
重新生长，像蛛丝
构成独特的环向网型。

它的韧性来自生命，却有类似于
金属结晶和橡胶分子的排列。
人可被自身之力推达更远的所在，
也难以在潮湿与低温下断裂。
在外邦人看来，这是种没有血色的延伸
或已生命化的手工制品，
通行其中的成分暧昧不明。
这表意性的书写系统，
轻微得若有若无，让人不安。
但它是持续的、在节日里开放的绵延。
漩涡在一个永不闭合的地方，展开
手一般的根系捧出的自己，
那作为造物内外的双重生命。
正如一直以来，它在积蓄之中
诞生的重力与浮力，
提示着我们对它的双向描述：
正是它向下的生活，选择了
自己向上的庙宇和节日，
像影子对空的破除般彻底。

六、归　途

漩涡人死后
埋葬在环城的峰顶。
生者和死者都知道，这座城

提供着一种变量性的回归，
却不收紧任何距离。
一切曾在的都仍在那里。
走向祖先的路，和出生、成长一样
漫长、迂回。
高处，漩涡脆弱的临界点上
同时望见城内外的亡灵们
可选择向外消散，像一次
新的，更轻盈的流放；
或再次，用滑翔的方式
返回漩涡深处，靠近
先他们而去，又永在途中的行者。

漩涡有自己
忘不了，也看不清的归途。
它沿层层相继的道路生活，
摹仿神赐予它的四季。
我们沉默，不敢说出时间
和它内外的秘密。
但时间最生动的变化就在漩涡身上。
它是一种遗传密码的式样，
一套从恭城而来又席卷黎城
并仍在编码的本能。
从中扩展出一个绿社会，

像时间本身从深渊中溢出。
它的每一次回落，都是呼气
或微小生命的死亡。

当送葬的人
沿路回来，他们或我们
仿佛看见了一条条
缠绕的缰绳，由被群山
和山下的房屋、农田、林木
所掩蔽的大地掷出。
生存的变化并未从一贯性中脱身。
那匹或黑或白的骏马，
有着不因观看的清洗
而透彻的外表。
它在我们的视野里穿梭，
在野心和利益助兴的
新气候里，它是运行本身。

不见：致从芸[①]（长诗）

我在废墟周围散步。
脚下的石头，留有漩涡城
劝不走的苍白和顽固。
我用阴影轻托起它们沉思的腮。
当我和石头一样，坚定得一步
也不肯迈，眼前的它们
仿佛收集来的、加重了重量的心脏。
它们曾在建筑体内，
迫使令人恐惧的时间稳定地
生长进我们的生活和记忆；
如今，又被零散地抛给太阳和风，
体内乳白色脂肪正被提炼，加工成

---

① “德性研究所”被焚毁、关闭后不久，具翅从家中搬出，独自在学校废墟附近居住了好几年。人们很少见到他，以为他已离开了漩涡城。从芸接连三次从黎城回到漩涡，每次都到废墟一带寻找他，但他一次也没有出现。直到恭元2632年末，40岁的从芸第四次回到漩涡时，才从父亲其玉手中接到了这首留在信上的诗。此时，黎城驻城官已返回故城；侵占漩涡的森林人也已败走，漩涡再次成为了一个独立的地方。

湿润的、使眼睛油灯般明亮的燃料。
瞬间，视力因晶状体的凹凸而改变，
——这些石头，成了越挖越多的空洞。
我不与你相见，因为聚合与离散
恰在视线不同的翻转中。
正如那一晚，是强烈暴露我的白昼；
而对你，只是天空的黑云
在眼中沉落为夜的一刻。

我们都听到过从这废墟里发出的
减三和弦的根音。
那是夕河①，在借着
潮湿、晦暗、会泄密的夜曲，
建立起另一套环绕身体的血统：
这位于城深处的、始终的主人
制造了固定漩涡的沉睡。
城，是他倒置着观察人的透镜，
也是关闭、锁紧自己的旋钮。
那些从未获得连续性的碎片，在这里
看似勉强连在一起，有了运转方向。

---

① “德性研究所”旧址，原是外来者夕河的居所。陶盛来到漩涡时，发现了这个地方唯一的一座房屋，但主人已经亡故多年，只留下一些署名“夕河”的残缺乐谱。陶盛带着后来的居民重建了这座房屋，并以它为坐标，修筑了漩涡城。

它们孤独而冲动的摩擦力
让任何靠近的东西荡开。
老师是唯一沿叠置性
准确进入根音附近的第三音。
——夕河的鬼魂，通过老师
照见了自己的面容。
倒影不是鱼，也游不出水面。
我不与你相见，因为我自己
还不是那第五音，还拔不出
修复自己的那根螺丝，
也无法从夕河的意识之渊
和老师的陌生建筑之间，找到切分的
让自己站稳的平面。

闾，更急于带来新血统。
幸存与阵亡者的经验，
被漩涡城隐瞒和遗忘。
抹掉的部分，必在强硬、致密中再生——
引入森林人，引入
那以泥土为食的“树根”，
才能造就洗劫上层的新血统。
被圈定为错误的回忆
逆向流动，像被锯开的树
松开口风很紧的嘴，

——它空有嘴型却不发声，
也没有风能贯通这不相通的出口。
或许，森林人高度近视，
用眼镜上那一圈又一圈的年轮
看待一切。被我们看到的
永远是那些圆，只是那些圆，
标记下不连续，也无法
摇近和推远的时间。
闾从制锅中知道了水的融化
和积蓄，知道像稀释的血一样柔软的光
如何变质为铝或铜的质地。
漩涡城锅一般在他眼前
旋转，露出被细致的钢丝纹
一道道封锁、再也松不开的记忆。
他，永远是远方的怀念者，
像一个海员在画着沉陷他的陆地。
我不与你相见，因为我还未同时解开
夕河与闾这两把弯腰、驼背的锁。

十四岁的我从黎城回到漩涡①。
老师之外，“浦”是另一个
我所熟悉的“迁居者”。

---

① 具翅出生在漩涡，但在黎城长大。14岁时，父亲去世，具翅才回到漩涡与母亲相见。

浦，黎城驻城官，带来的不是阳光
或逃逸的风，也不是作为意识的水，
而是从云中落下的、网状的呼吸和吞吐。
他召集的夜谈被森林人冲散，
却仍是一次深奥的释放，像细菌
携带小棍子到来，轻快地为历史松土。
从中推导出的交通，终将
使漩涡城获得改变和重塑。
可居住的新平面将在这里展开，
比湖面上的凝冰更舒缓，
而无需寒冷发动或由热驱散。
我不与你相见，因为我还不能
将老师和浦所带来的这两次气息
转化为新开场的序曲。

老师死了。
曾发生在黎城的隐而不显的痛苦
通过他的血管涌来，在我眼前弥漫。
这线索，像气候变更的引线
惊吓着由记忆规定的品格。
他给予我的发现，让我用类似螳臂
挥出的织布机将线织成一匹布。
从浦身后的海风，它领会到
一阵有助于安睡的暗；

而后，有了衣服般对体温的感知。
没有身体能腾出接待它的手，
但积雪开始化了。窗户专注得
能从下午的阳光中直接呼吸。
连哑巴也被解冻，活跃于
隔音玻璃后的乌托邦。
气息和谈话，将成为
具有流动和联结力的新血统。
我不与你相见，因为我感受到
这血统中流动不息的力量和暗示
还缺乏恰当的浮力，还不能
把我们的船摇晃到一起。

也许有一天，当鸟掠过广场，
从重建的学校窗口
望进去，能望到青年们
那些缩小的、阅读中的瞳孔：
不是画在树或蛇皮上，而是
一环环在晶体中发生，像被望远镜
拉出的观看；是视力本身
在被广阔包围的深处
进行一次漫长的泅渡。
顺流之处，太阳在水中的脉搏稳定。
树照耀在上方，枝繁叶茂。

浦[①]（诗3首）

① 浦，恭元2576年生于黎城。恭元2621—2632年初，作为黎城派往漩涡的驻城官，居住于漩涡。

之 间

在一个我们看不见的、比睡眠还低的地方，
“无”在持续进行的落幕之下发生。
石质的皮肤被风潜入和消化，露出亲切的汗与泪。

恭城与黎城在彼此的战争中冲锋，
好似一次次抛物线，只在漩涡里
被收缩成一个个出窍的圆。

一条蛇窜过草丛，在阴凉树下盘踞。
它器官中的想法将身体重新展开、叠放。
我们只在那里，重获对“无”的纯经验。

早春，一个人从居住地出发，向外游历。
到达另一个城市时，仍然是早春。
而他已是白头翁。

也许刚刚过去的冬天，或途中的
任何一个冬天，有不融的雪
赋予他头发该有的时间的光亮。

从恭城去往黎城，仿佛从祖先的世界
走向我们玩耍的下午。在不变的我们和我们
之间，“万有”也发生了。

书一页页翻阅时，过去与眼下相切，
剖开一处处倾斜的、脸对脸的平面。
而发生的究竟，只有漩涡能回答。

时间在迎接自己不断成熟的身体返回，
沿脆弱轨道进入耳深处，碰响那些关乎创造的节点。
梦中的眼睛像一颗颗美人痣。

漩涡和我们相互活在偏转的深处。像映在井中的
树枝上的花。那些蕊和瓣，是行者薄薄的衣衫远去后
仍用清明的喜悦颤抖出水中之色，仿佛对即将隐
身的怜悯。

这枝花的倒影，最懂得深不可探的奥妙。
还有无尽的美景中必须被破除的看。
它半透明的漂浮，却是不可移动的沉默与恨。

深

深，像母亲，有随视力倾斜而不断
豁然的鬼脸。跌宕的内部起风
促使它始终在笑，从不见底的恐怖中发出
传记形成时细密的推断声。

深与我们在低语中交谈。风和我们的鼻息
分别从上下涌入。风的推动者
是那只用细而挺拔的暗指明蹉跎的
蜘蛛。而我们的肺里有一架控制气流的织机。

它们一起织就了无尽的呼吸，去传递
同样轻微的、鬼与鬼之间的
线状交通，像缠绕的蛛丝，又如
湿玻璃上蜜蜂刮出的清晰痕迹。

深，像母亲发出的吻和我们的吮吸。
它用垂直力量统一我们，仿佛一次吞噬。
着色的世界留在外面，而我们的身体
已变形，有脱离鲜血之后的幽凉、干净。

像无限的爱，深等待我们用灵魂填充。
山越高，我们越渴望它的强大阴影
托起和覆灭我们用瘦关节一段段
空出的气态生命。

海，我们的父亲，在一旁脆弱地闪烁。
用水生动物的鳞，激起一层层生灭的对抗。
流动发明在矿物表面，让群鱼抿酒；
醉后，即向着底部逐渐稳定自己的疲倦。

邪恶与爱在深里并存，也在海中溶解。
像盐来到陆地上，成为无限繁殖的巨石。
它是原始性铸造的骨头
在世界之中变紧或变轻。

它在海中忍受着尺度苛刻的分离，
只为重在人所生活的空间和气流中
凝聚为山。而与人交谈的，仍旧是
心一般悬浮的渊。

我们和深，在最终的爱中相聚。
从上方，沿折纸般弯折的动机滑向暗部。
裂口已弥合，如光滑的发丝推动我们
确切地迎向尖端，迎向距离消灭的点。

这是水和光都被吸尽的点。

那里，我们都意识到彼此照不见的

相像，必须用映照的一刻来破杀。

如同一缕光嵌进刀刃，不再晃动和等待。

相对开放

枝上，花是鬼魂吐出的纷乱水滴。
鬼愿释放被自己喝下的目光，
让它更悄然地获得肉的颜色。

人瞑目时，鬼将眼中虚弱的神
留在体内，作稀薄的心。他们活在渊
那呼吸过缓的绝对深处，如一枚枚暗淡的灯。

当花从紧世界中开放，失败
却到来：为层层展开的
暖调，他们相对笑出了声。

从鬼之中褪色，生出片片
人的嘴唇，只停留在飘
与走动之间，像一次轻咬。

在堆积起来、可栖身的亲密中，
他们澄清自己的不落魄。一瓣
接一瓣，他们渗透性地再生。

而死亡的抵达，像一阵
白马跑过后的风，已轻盈地绷断，
甚至不能在萼上留下侵犯的轮廓。

鬼对尘世的观望只借助花发生。
视线沿花冠起伏，重新规定从空无而来
又必将消失的踪迹。

但它，却也是打开的、每一个刹那的
入口。仿佛吞噬于黑暗中的时间
陡然融化出灼见。

墨水[①]（诗1首）

① 墨水，恭元2587年生于漩涡，裁缝，锅匠闾之妻。

阴

墨水，是幽坐时的凝结，比生命
更长久的归宿，一种葬与藏。
留有墨迹的纸，像礼仪，为人
所见。那黑体的字形本身，
曾在注视下，过快推动
被手包围、已贯通笔尖的时间。
它剧烈变换着观的意义。
世界随时间的平移而下沉，
与魂魄们浸染在一起。
书写，于消失之上漂浮、复发。
每个字，都是记忆和知觉的绳结，
一处缠绕而决绝的连接，系着
稳定的白天和绵绵不尽的黑夜，
像为来世制作的器物图谱。

棠枝[1]（诗 1 首）

① 棠枝，恭元 2598 年生于漩涡，服装店女店员，恭元 2623 年与油漆匠璞结婚，次年生下儿子中途岛。

无　声

蓓蕾，熟悉行人望向天空的目光。
它们留取这久久不散的线索，
堆积一个个空室。枝上，
这些凝固的空间正衍生：搬来蝶翅
作自己的邻居，依照蜂类的飞行
将自己旋转得日益深刻、精密。
无论离去之人葬在何方，他们都会
回到这里，沿树碰响那些初发的花，
像一只只有魂带风的手，伸进自己
薄而湿润的手套，用整个春季
采集无声的谈吐。因他们而生的
露水，已在阳光中获得肤色。
木延续、转移着时辰，绽露出边缘，
这离世与再世的居间。又一些人经过，
在与花的相互眺望中，彼此
已表达了对辽阔过去的敬意，
在头低下的一刹那。

中途岛[1]（诗 1 首）

① 中途岛，恭元 2624 年生于漩涡，为油漆匠璞和棠枝唯一的儿子。他于恭元 2639 年失踪，原因不明，也未再寻见他的踪迹。

人　间

连绵起伏的植被，由我们奔跑时替山峦轻轻盖上。
这层薄而参差的广阔中，同种生物用不同方向的
柔韧，向着稳定与流动的世界同时鞠躬、致意。
绿之下稍硬的圆石，好似亡灵脊背里的骨。
他们沉默着把头压低，用身体紧紧裹住，
像一个个转动、漂移的蛹，只让脊椎椭圆的侧面
向上，和我们的脚接触。在碰响千万次之后，
它们计算的时间，可机灵地转动到下一格。

人间，是亡灵描绘出的一个愿望，一场雪。
盐粒融化后会有充满水的灵魂。它在地下世界的
缝隙里穿梭，像琴弦，有表情如暗调的烟丝逐层流徙。
这是梦的发生。只有儿童能接受这微观的、
心魄的同心圆，像打开蚌那样谨慎地看见其中
半透明的冥河天象般布满星辰和动物。它是空
的镜像，也提供更为阴凉透彻的地理学。而我
未来的生活，将是对它的觉察，和轻轻地擦、涂。

木匠其玉[1]（诗 1 首）

[1] 其玉，恭元 2551 年生于漩涡，木匠。子澄与荻蓼之子，丛芸、紫蒂之父，外来者毓琦、具翅、璞等人的朋友。恭元 2652 年乘漩涡城最老的一辆火车离开漩涡时已年逾百岁，去向不明。

回望之诗[1]

我生于漩涡，终生是木匠。
我的手将时间的面貌
消磨为卷动之念，但始终
停在无风处，用节制的高光
强调着那罕见的浮与满。
如果在梦里，漩涡曾变成
一样生物，那定是棵
围绕圆心增粗、升高的树。
木头之中，有被钉子瞄准的
野蛮和热情。我们的劳动
让风俗浸染它的骨髓，
流传下来的古老之光，
鼓掌般和它们的身体热烈拍合。
树，不仅了解自己，
还知道一切被传诵的事物。
细密的叶片，取自遥远而暗示性的船只，
已用游记记录下航海术。

---

① 这首诗写于恭元2641年，作者时年90岁。

它唤起的视野，像地平线本身的涨落，
有着将腾空的描绘放进眼里的精确。

漩涡缓慢地在群山之中倾斜、下落，
仿佛自然在树之中沉寂到根部。
它那须一样延长的部分，
更震荡地理解了探索与顺从。
从宽阔天地里暗下来的沉思
包围着人们永久的居留地，
像包围着幽凉宜人中变细的骨。
——它是比可见世界更可靠的存在。
在我一生中，停顿和加速
像一场无休止的追捕和争斗，
始终在漩涡里发生。
而我就守在根源旁，看着树
从死者中意的土地上升起，
来到我们的世界，撑开观察中的
一举一动。
在我这样的人手中，
它变得短而迂回，像捉住的动物，
被我们触犯，但又在无声之中
和我们日渐亲熟。

这提示着根源的、亲切的树，

一个将更深、更远的世界
带到眼前的吐放呼吸之物，
帮我们建立起土地法和兵制。
漩涡人的纽带，在立足和行动中
扩大，而对这生活与命运的感知
就在叶尖那正确的方向里。
我们被描述，似乎有一阵风
吹向披风，和我们拉开一段
观察与覆盖的距离，
追随，也肯定。
漩涡人忍受生命的痛苦，
却也知道树是我们
对时间与根源的双重崇拜。
这里永远有我们看见
却不能达到的稳定。

我愿意回忆我的孩子、我的朋友们，
无论他们多病、叛逆还是早逝。
他们来去，犹如一阵
让我们理解贯通的轻抚
或刺痛，看似不相关的例外
有了连缀的表面。
过去不是散沙，而是一次暗示，一片景。
寒风仍然与时令一致，

而我们将随变化离去。

那棵树还在积累它的叶片，等着

更为长久、精细的研究。

人，只是这叶片连绵而来的生动投影

被动荡的生活浮现着，保持片刻。

后　记

一　行

这本诗集是小毅正在撰写的“从城”系列文本第三部《家与城》的第二卷。在第一卷“叙事”部分中，小毅讲述了一个关于“漩涡城”的危机与动荡的故事；而在这本诗集中，故事所牵涉到的主要人物悉数登场，用各自的声调和方式呈现着他们对自身处境、对漩涡城的过去与未来的感受。小毅在这本诗集中尝试了许多种不同的体裁、写法、语气和修辞策略，长诗、短诗、组诗交替穿插出现，使得诗集看上去是一本“多人诗选”；又由于它与文本的叙事部分可以进行对观，它也显然具有“戏剧”性质。不过，它仍然能够独立地成为一本诗集：其中的诗作实质上是围绕着同一个（虚拟的）地方而进行的、基于多重视角的观察和理解，因而具有诗歌内部世界的统一性。

一直以来，小毅的诗歌出发点就是戏剧，而不是独白性的抒情或观念。在不同人物之间尽量拉开距离，给每一位人物设想出一种真实、具体、可信的生活，并赋予这生活以恰当的行动和言语，这是小毅的全部写作所致力的事情。由此带来的，是诗集中诸位虚拟角色之间复杂的对照和对话关系：有旁观者，也有行动者；有幽灵般不在场却如在场的人物，也有想获得存在感而不得的角色；有旧秩序的守护者，也有革命者和外来者。史书记录、神话传说与日常梦幻混合在一起，使诗集摆脱了单一声调的限制。具翅、油漆匠璞和锅匠闾这三位主要的虚拟角色，分别代表了三种完全不同的精神倾向。具翅是生于漩涡、却不被漩涡接受的陌生人，他与老师毓琦一样，感受到了来自城的黑暗深处的“夕河”的召唤，试图借一种新教育来拓展漩涡城的精神视域，却失败了。于是他只能像幽灵一样存在于废墟和黑暗中，却因此而对漩涡城底部翻涌的力量具有更深的理解和敏感。油漆匠璞是一位来自恭城的外来者，却非常适应漩涡城的生活方式，因为他在这里感受到的是与恭城相同的秩序传统，那是建城者“陶盛”从恭城带来的精神财产。油漆匠的世界虽然有时会陷入回忆的忧郁，但总体上是欢快、明亮的。对于漩涡正在发生的危机和革命，他显得不以为意。而锅匠闾则是从恭城返回漩涡城的退伍军人，他是被故乡所抛弃和牺牲的众多下层人物中的一员，因此他想引入“森林人”来变革漩涡的生存秩序，成为革命的参与者。锅匠的玩世不恭和愤懑不平，使得他的语调总是带着强烈的嘲讽性质。显然，这三位主角有着对家与城、秩序与革命、根源与未来的完全不同的理解。他们将自身的生命编织到了城的命运之网中，在某一个结点相遇并产生出命定的事件。

“家与城”这个题目可能会让人想起古希腊城邦，而在“夕河”与“陶盛”这两位奠基者、两种传统之间的张力，也很容易使读者联想到尼采的“酒神与日神”。不过，小毅并不想在这本诗集中过多地影射哲学与历史，她更想做的，是在诗中筑造出一个完整而自足的世界。当然，通过对这样一个可能的“平行世界”的设想，我们或许可以更好地进行对宗教、政治、习俗、教育、革命等事关人类生活秩序的重大问题的思考。对小毅而言，诗之所以微妙和不可缺少，正是由于理解是一切想象的燃料，而想象则是理解进行真正探索时的必要形式。

2016 年 2 月 5 日于昆明